刘泽安，重庆市綦江区作协主席。中国作家协会会员。曾在《人民文学》《诗刊》《文艺报》《儿童文学》《少年文艺》等报刊发表作品千余件、四百余万字。出版有儿童诗、散文集《风筝上的眼睛》《守望乡村的孩子》等九部。作品曾获冰心儿童文学新作奖、重庆儿童文学奖等十多项征文奖。

吴庆渝，1982年毕业于中央工艺美术学院，重庆出版社副编审。设计的《中国大足石刻》《外国名剧故事》分别获全国书籍装帧艺术二、三等奖；为《幽默童诗100首》《儿歌万花筒》《跟太阳商量一下》等图书绘制图画。2022年7月出版图书《老重庆线描》。

亲爱的少年朋友们，读一读诗歌，远离生活的喧嚣和虚拟的游戏，拥抱我们新的城市和乡村，体验诗歌带给我们的精神愉悦。登上黄桷树下的渡船，撑船的少年是你们的诗和远方，到新农村认识新的乡村少年，你们一定会成为好朋友。

刘军安

黄桷树下的
渡船少年

刘泽安少年诗选

刘泽安·著　吴庆渝·绘

重庆出版集团　重庆出版社

图书在版编目（CIP）数据

黄桷树下的渡船少年：刘泽安少年诗选 / 刘泽安著；吴庆渝绘. -- 重庆：重庆出版社，2025.3. -- ISBN 978-7-229-19865-7

Ⅰ．I227

中国国家版本馆CIP数据核字第2025J0A386号

黄桷树下的渡船少年——刘泽安少年诗选
HUANGJUESHU XIA DE DUCHUAN SHAONIAN
——LIUZE'AN SHAONIAN SHIXUAN

刘泽安　著　吴庆渝　绘

责任编辑：周北川
责任校对：刘小燕
封面设计：刘　洋
装帧设计：百虫文化

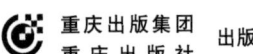
重庆出版集团
重庆出版社　出版

重庆市南岸区南滨路162号1幢　邮编：400061　http://www.cqph.com
重庆豪森印务有限公司印刷
重庆出版集团图书发行有限公司发行
E-MAIL:fxchu@cqph.com　邮购电话：023-61520417
全国新华书店经销

开本：710mm×1000mm　1/16　印张：7　字数：68千字
2025年4月第1版　2025年4月第1次印刷
ISBN 978-7-229-19865-7
定价：46.00元

如有印装质量问题，请向本集团图书发行有限公司调换：023-61520417

版权所有　侵权必究

目录

第一辑 春天，高铁开过我家乡

少年不登山	3	一条船的诞生	15
野果子	4	黄桷树	17
石头上读书的少女	5	一叶扁舟	18
自由的少年	6	满天的星星是我的	19
路过的高铁	7	少年的目光	20
梦想的高铁	8	村庄的夜晚	21
好样的，高铁	10	少年与两条铁轨	22
故乡的诗人	12	春天的少年	23
渡口	14	少年与火车	24

第二辑 夏天，孩子们的果园

青柿子，黄柿子，红彤彤的柿子	27	飞行的姿态	38
		果园的孩子们	40
每一个果子都认识你	33	我是一只小蜜蜂	41
果园的天空	34	少年与蜜蜂	42
果园的雨	36	树丫	43

第三辑　秋天，骑车的少年

风拂村庄	47	风的名字	62
少年民歌手	48	篮球馆里的小女生	64
追风少年	50	山村足球队	66
骑单车的马尾少女	52	足球场	67
骑双座车的少年	54	小镇女子足球队	68
寻找白鲟的眼睛	56	足球，地球	70
静静地吹	58	谁是球王	72
风居住的村庄	60	滴答一声	74

第四辑　冬天，校园里的故事

绳	77	少年与一条河、一座山和一所学校	92
爬竹竿	78		
歌咏比赛	79	少女的心事	97
舞者	80	雪	98
指挥官	81	雨伞	100
揪马尾辫	82	照片	102
狗儿拖着线团	83	玉兰树	103
老鼠拉铃铛	84	校园里的兄弟姐妹	104
小猫当模特	86	飘过的云	106
青蛙抖着腿读书	88		
鸟儿坐在窗台上	90		

第一辑 春天,高铁开过我家乡

少年不登山

大多数的时候
少年不登山
不看日出　日落

大多数的时间
他一个人静静地
坐在山腰间的那棵树下
托着腮　沉思

日出前　背着尖尖的背篓和几颗星星
割几把草　把背篓撑得满满当当的
看着星星回家
喝几碗稀饭再去镇上的中心小学

日落后
捎上一小箩筐的焦炭回家
温暖老屋
只要有星星　就不会迷路
漆黑的夜晚
眯着眼睛也能找到回家的路

在少年的眼里
大山也是同龄人
与自己对上了眼　就是好兄弟

野果子

在没有成熟以前
野果子一直在山里流浪
一棵树的树丫　完成不了她的旅程
她好像一个蓝精灵
从这棵树跳到那棵树　不停歇

在春天
她像果园一样
风里开花　夜里拔节
从早到晚
唱着山歌　童谣
野蛮生长

在秋天
野果子不野了
不在山里奔波劳碌了
老老实实地在果树上待着
山上有的是大树　更大的树

少年认为
只有他们　山里的少年
才知道野果子
与大自然交心
读懂大自然
野果子不只是生长
还有成长

石头上读书的少女

手捧一本书
她们并肩坐在大石头上
朗朗上口的唐诗　宋词
赶走了叹息的声音
挨着她们的
是两棵树和树上的几朵花

调皮的山风
翻着藤条一样的小发辫
在山路上绕来绕去
把琅琅的读书声
绕到了月光清风里
曾经复杂的心绪　变得透明

山间小径上　弥漫着山里的书香
一群小鸟　围着石头上的少女
叽叽喳喳的
在山顶瓦蓝瓦蓝的天空下
飞跃
也许还有飞天梦幻

自由的少年

大山里的少年
其实也不想一个人坐着
假装深沉

捉住过往的风
描绘着不同风景的四季
爬上阳光下的树枝荡秋千
蹦跳着上山

最好是玩一玩魔术
把自己的腿变得很长很长
一伸腿　就能到大城市大海边
看一眼新奇的世界
把自己的心事拉得很小很小
一不小心
在大城市大海边
找到自己的兄弟姐妹

从此 告别大山
也忘不了大山
大山里的野果子
和石头上读书的少年

路过的高铁

远远的山坡上,小脚的婆婆
一拐一拐,终于爬上来了
眯着眼睛,揉一揉,又揉一揉
今天是个好日子,谁也不愿意错过
子弹头的火车,还有二十分钟
从山下穿过

以前,山下有一个小站
绿皮火车一辆背着一辆,咣咣 咣咣
慢悠悠 晃悠悠,火车上装背篓
还有满车厢的汗臭味
一年一年,从山下晃过

小脚的婆婆,嘴里念着什么呢
是太阳变了,是星星躲起来了
这样子的两根铁轨,有那么大那么大的魔力
淘汰了绿皮火车,新的火车新的盼望
再一次从山下的火车站出发

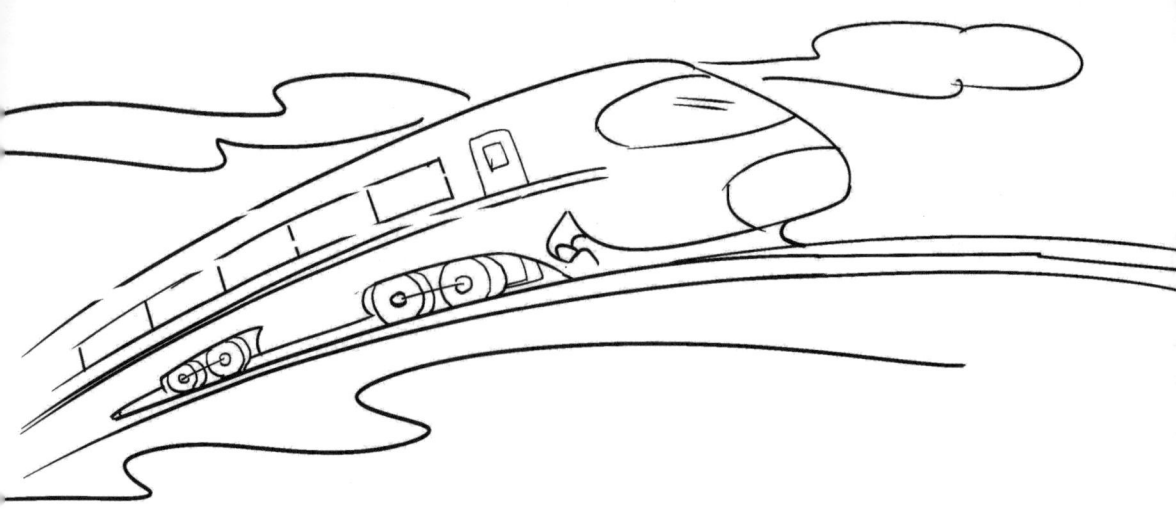

梦想的高铁

春天的一个早晨,牛栏山的牛儿哞哞地叫
山下,破村而出的高速公路
轰隆隆,一辆车比一辆车更牛,撒欢儿跑向远方

几年的时间,花还没开几次
草也没绿几片,河流的水声还在哗啦啦地奔腾
有一条铁路,穿过村庄的山山水水

建设者的背影告诉我,披星戴月
是为了更快奔向远方
比高速公路还快 那叫高速铁路
那尖尖的火车头,一瞬间,鸟儿的叫声
跑过了好几公里远 才听见

春天的高铁,在花儿和草儿的微笑中
穿过我的家乡,山水含笑
人们趴在山坡上,所有的目光盯着那火车站
第一辆高铁开过来,开　过　来
打哈欠的工夫,犹如鸟儿飞上天空,没有了影子

远方,有我的爸爸妈妈,他们坐着这样的高铁
两天的疲劳,二两老家的高粱酒
变成一天的欣喜,两天望眼欲穿的思念
一闪念,额上的乡愁,如土湾袅袅上升的炊烟
到家了,一句话解了渴　释了怀

远方,有我的梦想
这时候觉得,梦靠得好近,仿佛伸手可及
那一溜烟跑过的火车,载着我
寻找梦想的旅途,一定会变得很近很近

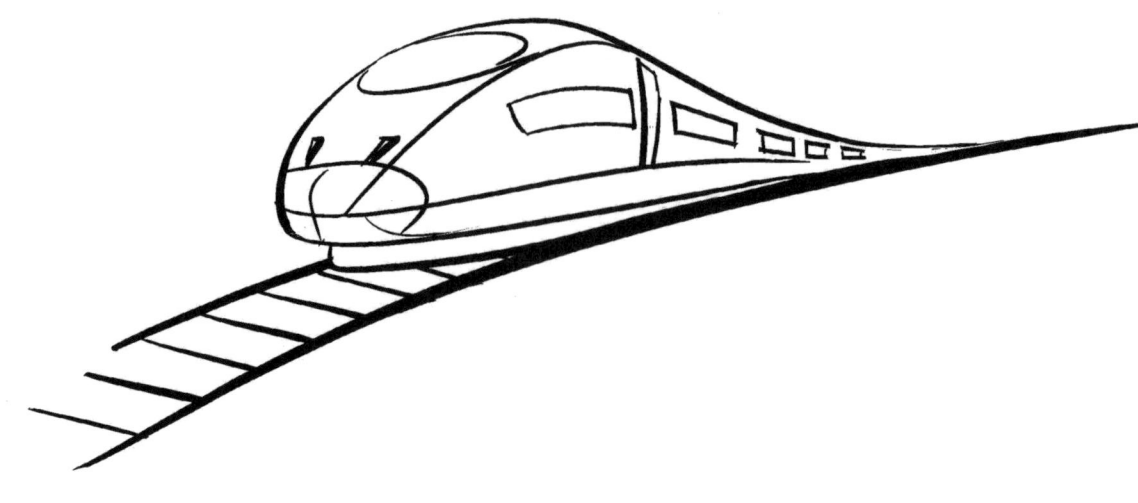

好样的,高铁

绿皮火车的小站,只是小站
绿皮火车的铁轨,只是铁轨
山坡下的高铁火车站,改变了村庄
改变了铁轨,改变了小站

那是春天的馈赠,那是花朵的馈赠
从今天开始,一列一列的高铁火车
重新穿过村庄,不,是飞
像鸟儿一样,树枝上停顿一会儿,飞过村庄

高铁火车,从今天开始
一列又一列地开过村庄,从村庄出发
又开进村庄,我们的村庄迈进了
一个新时代,充满梦想充满阳光

爸爸妈妈无奈离开村庄，我们无奈留在村庄
有了山下河谷的高铁，也许，爸爸妈妈会回来
重新创业，重新寻找希望
也许，我们会更快地走出去
寻找希望之旅，更快更短
高铁 载着我们飞奔，梦想的距离，更短更快

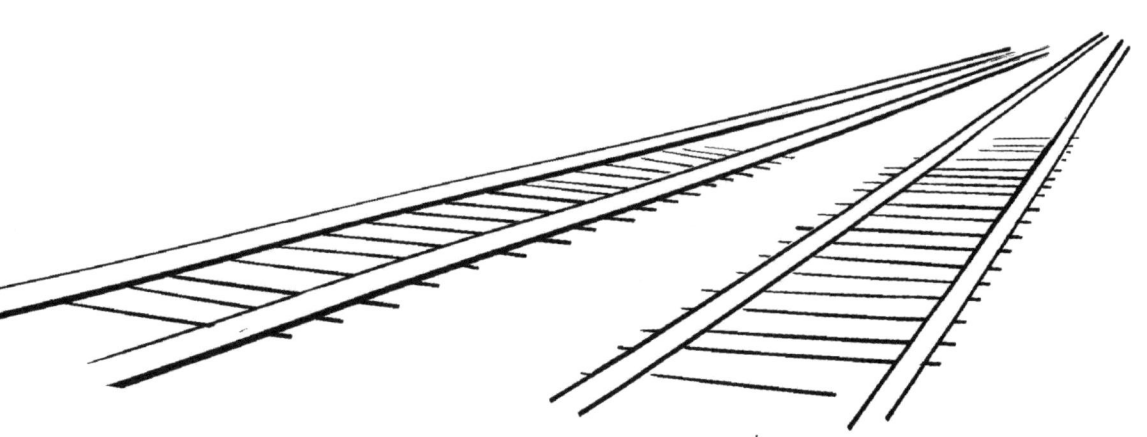

故乡的诗人

爸爸离开的那时刻
妈妈离开的一刹那
爸爸妈妈离开故乡
那一步一回头的迷茫
我决定 我要当一个诗人
要写一首长长的诗
起码是五十行或者一百行以上
让我的每一句诗
挂在蓝天上
爸爸一步一回头 读一句
妈妈一步一回头 读一句

他们掉泪
仔仔细细地朗读
仔仔细细地品尝
读一句　用长长的一分钟
耽误五十分钟或者一百分钟的时间
那同行的父老乡亲
走不出我的视线
让同行的兄弟姐妹
能听出那是我从瓦檐下发出的声响

作为故乡的诗人
作为故乡的孩子
我知道　诗歌的尾巴
已在汽车的轰鸣声中露出来
我知道　诗歌的眼泪
留不住远行的爸爸妈妈
留不住同行的父老乡亲
我只有一点点奢望
爸爸妈妈　父老乡亲
无论漂泊何方
都记得故乡的诗人和诗句
无论何时何地
都会有一个故乡的少年诗人
在故乡的土地上
献上真诚的诗句和祈祷

渡　口

清溪河　把村庄的东和西
分开　有码头的渡口
又把西和东　连接起来

又是渡口
把村庄的时光
昨天　今天
落日和清晨
连接在一起

童年的嬉戏　少年的鲁莽
在渡口上摆过来　摆过去
少年已长大成人
渡口　依然摇摆着
渐渐苏醒的村庄

一条船的诞生

如果没有
一条叫清溪河的河流
硬生生地
把这个叫清溪村的村庄
分隔成河东和河西
那会儿就没有船

河东的岸边
有一棵大大的黄桷树
遮住了河岸的码头
码头边　诞生了一条船
从河东过去
又从河西过来

河与船不分家　船与河不分离
先有河　才有船
船行驶河上　才有了家的味道
那个少年　才常常站在船头眺望

摇橹的少年

一根竹竿
在河水里
飞逐浪花　追赶鱼儿

一条渡船
不能靠几根竹竿
划到西东
一个周末才来的少年
玩一般地接过木橹
站在船尾　左一水　右一水
水波和浪花　右一浪　左一浪
清溪河上的东岸和西岸
不再是距离　也不分东西

摇橹的少年
头不偏　始终盯住前方
汗没出　手上有使不完的劲
一条河的东和西
在少年的眼里　心里
就是一条船的距离
这条船　就是河的西和东
这个摇橹少年知道
渡过东西
也就少了一条阻隔的河流
一直向前

黄桷树

少年不知道　黄桷树的根
有没有窜到河里

少年不清楚
黄桷树是不是
故意给渡口遮风挡雨

一棵黄桷树
生长了好多年
比渡口还老　比河流还老
村庄里没有人知道
只有　黄桷树自己知道

黄桷树在清溪河扎下了根
那个摇橹少年　根在这儿
却不一定要扎下来
他的梦想　比这条河遥远
他的志向　比这棵黄桷树高大

他的木橹　不是黄桷树的枝丫
他的梦里　有黄桷树的绿叶
什么时候栽下　什么时候落叶
却不是　春夏秋冬的轮回

一叶扁舟

清溪河上的一叶扁舟
不再是摇到东摇到西
那摇晃的
也不再是村庄的旧时光

扁扁小舟
不再只是渡村庄的人
小舟上
一定有那个摇橹的少年
他的一举一动
他的一伸一缩
他头上是太阳的光芒
他脚下是河流的脚步

从这条河走出去
也许　真不需要船
但有小舟永不停下的精神
什么样的梦
都有可能实现

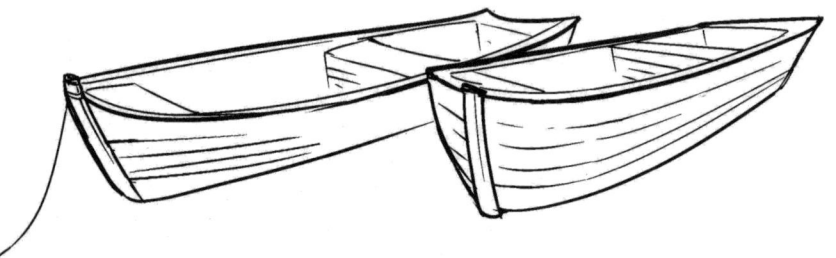

满天的星星是我的

河流里的鱼儿
鲫鱼、黄鱼、小鲤鱼
一网捞起来
不是太阳　就是月亮
一条小鱼儿也没捞着

森林里的小树
松树、柏树、黄桷兰
一棵紧挨一棵
一片蓝天照下去
有风有雨
更有阳光漏下的温暖

土地里的庄稼
土豆，玉米，水稻
一茬接一茬
歉收或是丰年
叔叔阿姨们
从来没有放弃过耕耘

对着天空
我们大声喊
满天的星星是我们的
它们的星光
它们的天空
是我们的青春

少年的目光

少年,你静静地站在村庄
村庄的一棵槐树下
槐树还没有开花
却有槐花的香味飘来
你一直在想
槐花的香味能飘到对面吗

中间有一条河流
一条不大不小的河流
赤脚蹚不过去
有一条小小的木船载着少年
连同槐花的香
一同看见了
那梦里常常听见的
火车轰隆隆的声音

少年,却不敢把双脚
踏上亮鲜鲜的铁轨
远远地　颤抖抖地站着
等着轰隆隆的火车
一阵风
从身边呼噜噜地刮过

这是少年的目光
看火车
是他梦里的理想

村庄的夜晚

夜晚,村庄的少年
没有一点倦怠
看星星　数星星
听火车的声音
那是疲倦的村庄
仅有的清醒

星星在夜空走动
少年在村庄
自己的屋门前安静地坐着
星星走　少年不走
草丛里的虫使劲地叫
少年不说话
也许一阵风　将火车
从远远的地方吹过来

夜晚的火车声
惊醒了许多人的梦
少年的梦　才刚刚开始
那离开家乡的爸爸妈妈
梦里　有火车开过家乡吗

少年与两条铁轨

少年，看村庄的对面
那两条平行的铁轨
永远都不交叉
小小的　在火车开来的时候
颤颤巍巍的　好像是怕风怕雨

这么瘦的腰这么细的腿
扛得住那几十节车厢
车厢里有煤炭钢铁
化肥糖果及甘蔗
每天还有几趟
载着欢声笑语

少年，远远地看着火车
心疼那两条铁轨躺在地上
没有火车的时候
看看蓝天　少年想不通的是
这两条铁轨
从哪儿来　到哪儿去

没有走出村庄的少年
能够沿着铁轨
水一程　山一程
走吗

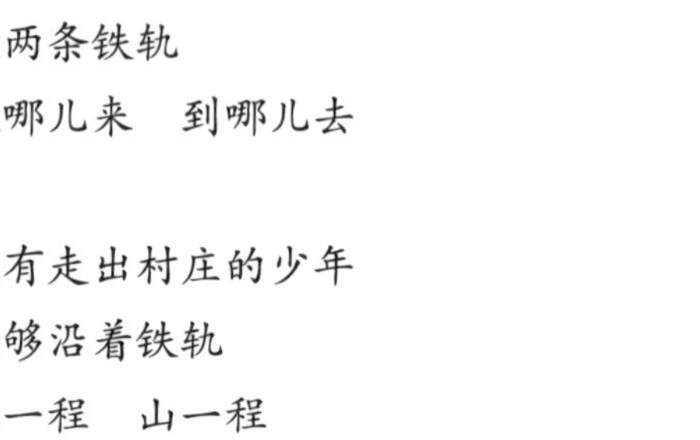

春天的少年

村庄里的少年
总是把眼光
死死地盯着对面的火车
车厢里没有爸爸妈妈
也没有远走他乡或者
回到家乡的人

春天里,少年不负春光
他要走出村庄的那条小路　背着阳光
据说　一条高铁
在与两条铁轨并行着赛跑
早已不是轰隆隆的声音

那条高铁
运行的轨迹没变
老铁轨没有变
火车　怎么跑得那么快
"嗖"的一瞬间
从他的眼前消失得无影无踪

乘着春天的高铁　少年不能缺席
这是村庄的一件大事
也是少年人生中的一件大事
春天的高铁载着少年
奔向远方

少年与火车

少年还没有长大
火车却永远是这么长
速度是那么快
与村庄面对面
咣咣咣地打声招呼
与村庄告别

少年,却不能像火车那样
每天与村庄告别
连打招呼都有气无力
与火车的咣咣声相比
少年实在是太渺小
在火车眼里
他就是一棵不移动的小树
村庄里的一个小黑点

两条平行的铁轨
是一个梦
铁轨上跑着的火车
是一个梦

少年的梦　是什么
他走在村庄的原野上
望向远方

第二辑 夏天，孩子们的果园

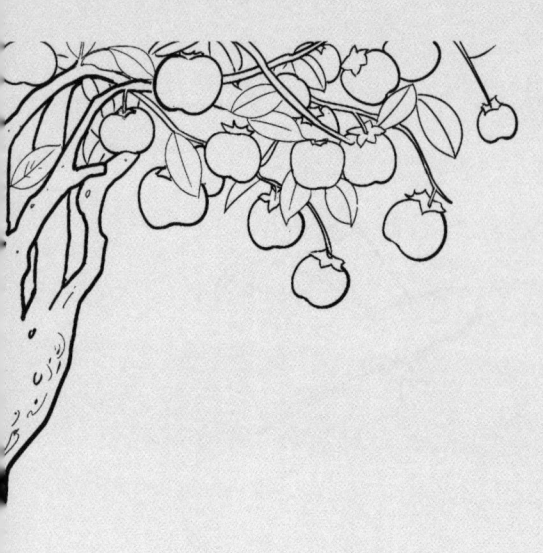

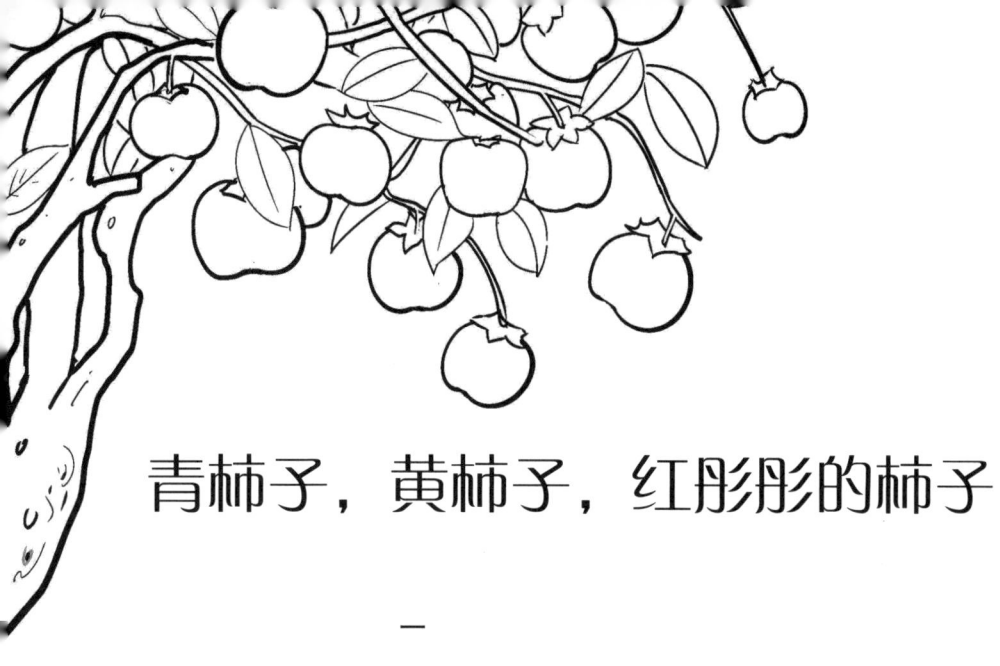

青柿子，黄柿子，红彤彤的柿子

一

我们一直认为，柿子是青的
青得没有其他的颜色
挂在绿叶丛中
那是在夏天的尾巴上，一棵一棵的柿子树
一个一个的青柿子
一个一个地挨着，像是兄弟
也像是姐妹，躲在一窝一窝的树叶里
阳光穿透进来
给了柿子颜色
可柿子有点不稀罕，顶着阳光
坚硬地生长着，没有红色
就是青的，也要顽强生长
向着天空中的太阳
它们需要太阳
一棵柿子树需要太阳
一窝柿子树需要太阳
一坡一坡的柿子树也需要太阳

我们在柿子树下玩
玩着泥巴团,玩着小虫虫
牵着一丝丝的太阳光
在一棵一棵的柿子树之间搭窝
那些小鸡小鸭小鹅
也在柿子树下玩,玩着小石头
玩着小虫虫,同我们玩的小虫虫一个样
只不过它们玩了一会儿
吞进了嘴巴,没有一点点的害怕
胆子比我们大多了,我们玩着玩着
在太阳光的祝福里睡大觉
那柿子树上一颗一颗大小不一的青柿子
瞪着一双双我们看不见的眼睛
看着这个乡村的世界,我们的世界
也是青柿子的世界

青柿子,一个一个的青柿子
我们攀上枝丫,摸一摸
皮细嫩,果饱满
我们看着青柿子青涩的脸
千万不能掉下来,一个也不要掉下来

滚落在草丛中，那就不是青的
沉入泥土后，一点一点的颜色也没有
再也看不见青柿子的影子
我们要一个一个地托着
用手轻轻地托着，不让它掉下去
那是我们的青柿子，见了阳光也是青柿子
这是夏天，只能是青柿子

二

青柿子挂在树上，挂在夏天的风中
轻轻地荡秋千，荡呀荡
青柿子也玩出了新的花样
我们钻进柿子树林里，荡呀荡
在风儿的呵护下也荡秋千
荡着荡着来到了秋天，秋天的太阳不一样
阳光穿透了青柿子，青柿子守不住这份寂寞
想着要改变颜色，从秋天的某一个早晨
我们和小鸡小鸭小鹅一起
顶着那份阳光，顶着那抹黄色
在秋天的柿子树林坡道上跳跃着

母亲认为青柿子要变了
坚持认为世界就是这样子，颜色嘛

青柿子是这样,乡村也是这样
从一个一个的秋天的早晨就开始了
太阳光常常去亲吻青柿子
直到太阳落山,黄昏里还嘟嘟嘟地有吻痕
太寂寞的青柿子,被吻得不好意思
脸色慢慢地开始变化,我们没有注意
小鸡小鸭小鹅也没注意
某一天,柿子树到了秋天的高处

那个秋天的高处,青柿子变了
柿子是柿子,不是青柿子,是黄柿子
我们顾不上这些,爬上柿子树
用竹竿去敲,去打,去捅
柿子滚落,黄柿子滚落
母亲笑呵呵地看着,是看黄柿子,还是看我们
黄柿子掉了下来
滚进我们的口袋里、小鸡小鸭小鹅的嘴边
它们刨了一阵子,把柿子当成了皮球
踢来踢去,柿子皮还是没有掉

三

一个薄雾笼罩的清晨
黄柿子躺在桌子上,我们又摸一摸
那掉下来的黄柿子,有的掉进草丛中
有的藏进米缸里,一躲就不出来
有的光身身在草篓里,躺着也不出来
黄柿子,我们的黄柿子
一身的苦涩,在变红的过程中

母亲的生活也由涩变甜，我们想剥开柿子皮
尝一尝黄柿子的味道，那是生活
从山沟沟，抵达山坡坡，抵达山岗岗
一坡一坡的柿子树，黄黄的柿子一树一树
从山上滚下来，滚了一个村子

一树一树的黄柿子
挂在屋檐下，堆在簸箕上
一串串、一束束、一挂挂
一背篓、一箩筐，摊在地上
黄柿子一个一个的，不停止成熟的步伐
母亲在屋檐的下面吼着
卖柿子了，红彤彤的柿子，红柿子
满大街的红柿子，满大街是母亲的声音
来二个，来一串，来一筐
红彤彤的柿子、红彤彤的乡村、红彤彤的我们
谁在柿子树上摘落童年的时光

青柿子、黄柿子、红彤彤的柿子
是不是我们的幼年，像那青柿子
青涩而不知母亲的辛苦
是不是我们的童年，像那黄柿子
苦涩而不知母亲的勤劳
是不是我们的少年，像那红彤彤的柿子
甜蜜而不知母亲一生的劳作

如果还有果子从山顶上滚下来
那一定是我们的黄柿子
一坡坡一岗岗的柿子树
覆盖着乡村的土地，还有母亲的袖子
飘呀，飘呀
什么才是路？什么才是延伸的路
那柿子树上的黄柿子
那米缸里的黄柿子，那红彤彤的柿子
全都是母亲走过的路，乡村的路
我们一路走过，红柿子一路走过

青柿子、黄柿子
那红彤彤的柿子啊
像我们的生活
红红火火，喜喜庆庆

每一个果子都认识你

秋天，风吹过果园
果树的叶子笑嘻嘻的
来到果园
闻到清香的浓香的大人孩子
都是追逐果子来的

对于果子的称呼，孩子们都没有统一
是一粒，是一颗，还是一个
如果是一串串的
孩子们可以叫一粒一粒
如果是一大个一大个的
孩子们可以叫一个一个
如果是不大也不小　甜蜜蜜的
孩子们可以叫一颗一颗
不论怎样称呼，孩子们都认识

那是村庄的果树
村庄第一书记从遥遥远远的地方引进来
有一棵一棵高高大大的梨子树
那是驻村工作队的队员们
像蚂蚁搬家一棵一棵运进了树林
有一窝一窝不显眼的蓝莓树
那是村庄的帮扶责任单位
精心挑选的致富树

果园的天空

果园的天空就是孩子们的天空
一棵果树向上　一排果树向上
所有果树都是向上的姿态
叶子的缝隙上是天空
孩子弯着腰在树叶和枝丫间行走
一会儿挠着叶子　一会儿拨开枝丫
抬抬头望天空　天空上有白云

果园的孩子们看不够天空的高和广
白云飘飘　风儿吹着白云跑
果园的香随着白云飘
孩子们从家里抬着竹梯子木梯子
一节一节的梯子有多高
孩子们要量　与果树比了比
能够着果树的腰　与天空差得很远

那高而广的天空，并非不可触碰
孩子们把果子扔向天空
并不是不爱惜果子　而是把曾经的梦
曾经的幻想　曾经的一个约定
爬上果树的枝丫　也是果树通向
天空的路径
向天空靠近　向天空挑战

把木梯子搭上　把竹梯子搭上
再搭上一棵棵果树的枝
再高再远的天空也不高不远
因为绿色的梦想　果园孩子们向上的目标
从来没有变　一直向上　向上
摘果子摘白云摘理想　从果园出发

果园的雨

乡亲们说，春天的雨是一个快嘴丫头
不停地淅淅沥沥地说
想告诉所有人，花要开了
不单单是桃花，还有杏花李花梨花
秋天的雨，让好多人不开心
说不来就不来，说来就来的偏东雨
让一个个还没有成熟的果子
没有一点准备，变成了一个个落汤果

戴上草帽和斗笠，或者撑起雨伞
去果园等待，等待一场秋天的雨
孩子们扯着嗓子地喊
第一声，是雨；第二声，是落
第三声，是下；第四声，是了
第五声，是吗
连起来就是，雨——落——下——了——吗
也许这让大人们不开心
可孩子们就开心得不得了

来吧，秋天的雨把村庄里的果园藏起来
把每一棵果树都淋得酣畅淋漓
把每一个果子都洗得干干净净
把孩子们的心情染上快乐色彩
一张张合不拢的嘴里
从早晨，到黄昏，就这样
说着自己一天的快乐
从春天，到秋天，就这样
说着自己秋天的幸福

飞行的姿态

一只小蜜蜂　在一片树林里飞
嗡嗡嗡　是不是音乐的伴奏

树林边的少年
手拿着短短的小树枝
嗖嗖嗖
是不是把飞行的小蜜蜂
赶往春天的花丛中

从一片树林飞向另一片树林
从一朵花飞向另一朵花
花朵是小蜜蜂的停机坪吗
小小的　甜蜜的院坝

花朵的蕊蕊
是小蜜蜂喜欢活动的地方
采的蜜
传到哪一朵花的蕊蕊
那无关紧要

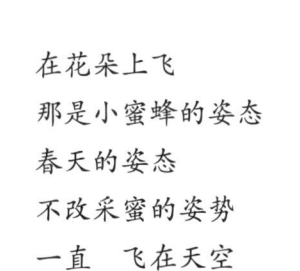

在花朵上飞
那是小蜜蜂的姿态
春天的姿态
不改采蜜的姿势
一直　飞在天空
飞向远方

果园的孩子们

果园的孩子们,可以没有名字
他们几乎不需要名字
男孩子,你可以叫他果果
女孩子,你可以叫她蕊蕊
八月,果园的果子
有的青涩,有的金黄金黄
秋风吹,你对着十里的果园大声喊
声音不一定标准,一定不要用普通话
赵小果、李小果、张小果
孙蕊蕊、龙蕊蕊、钱蕊蕊
听,整个果园子都在回答你

秋天的果园看着孩子们
向上爬,爬上果树
一根一根的枝丫,枝丫上的果子
豁嘴地笑,裂缝地哭
那是果,也是蕊
春天里是蕊,秋天就是果

果园的孩子们
从春天里的花花长成秋天的果果
阳光下的灿烂
风雨中的傲然
经历了多少
一直向上努力,一直不断生长

我是一只小蜜蜂

我是一只小蜜蜂
飞向西　飞向东
花骨朵要开的那一瞬间
就踩着时令飞向那儿

一朵花　不嫌她少
一束花　不嫌她多

春天的花　我要采
夏天的花　我也采
秋天的花　我愿采
那一路飞奔的少年
一路追逐
那是甜蜜的生活
谁不向往

少年与蜜蜂

蜜蜂　为花而生
少年　看花而喜
从春天到秋天
少年与蜜蜂始终在一起

蜜蜂飞出去
少年　没有天使的翅膀
踟蹰的脚步
一直在地上的园子
等待花开
花开了　蜜蜂会飞回来

少年去了乡村学校
一路上　看花开了没有
那一路向东的爸爸和蜜蜂
什么时候该回来
那不仅仅是
有蜜吃　还有甜蜜的回忆

为花而生的蜜蜂
也为花而死
一生的路
都是花铺成的
想一想
那是多好的一生
多美好的一生

树 丫

小鸟停在树丫
那不是小鸟的窝
这里是果园
树丫是香的　树叶是香的

小鸟　叽叽喳喳的声音
是香的吗　香不香
树丫　小鸟叫了又叫
它在看
哪一朵花　先开
哪一颗果　先熟

时间长了
这树丫也是小鸟的家

第三辑 秋天,骑车的少年

风拂村庄

村庄有名有姓
风没有名也没有姓

村庄不走亲访友
风却是到处拜访
风也会拜会村庄
村庄只是等待着风
就像一片树林等待花开

风拂过村庄
唤醒沉默沉寂的村庄啊
点燃沉睡在魔咒里的黑暗
风是那点灯人
点亮一片湾一片田一片天

如果是空空如也的村庄
风也要吹过来
不是春天也有风吹日晒
住在村庄　风也有一个家
不再慌里慌张胡乱地逃

少年民歌手

蹲在树叶下
阳光漏出星光
一声歌唱
鸟儿睡梦中
忘掉了会飞的翅膀
垂直躺在地上
这是山村的民歌手
最原始的　歌唱

立在溪流边
滴滴闪烁
水中波涛的形状
一声鸣叫
鱼儿蹦出水面
争相倾听
来自天空的歌声
天籁般自然
这是山村的民歌手
原生态的　吟诵

我们是山村的民歌手
对着蜿蜒的河流
流去的地方
对着弯曲的公路
延伸的地方
放声歌唱
远方的爸爸妈妈
一定会听得见
我们心中的呼唤

我们是山村的民歌手
小小的少年歌手
快乐时放声大自然
郁闷时放声大自然
歌声中
我们渐渐成长

追风少年

山巅上太阳跃出的那一瞬间
晨曦中的少年身披阳光
从大山里跑出来
一路向东或者一路向南
那远远的远方　不一定是终极目标
山风带着他走出大山
只是轻轻的第一步

从河谷底雨雾缥缈的梦境里
挥舞手臂的少年　劳动的影子
与朦胧的雨雾融合在一起
也许河谷的目光
暂时缠住了少年的脚步
一阵轻软的风穿过雨雾吹过来
出发　出发　那是风发出的呼唤

麦地里波浪在田野上翻滚的时候
天空中手拿镰刀的少年
全身抖动不止地挥洒
清风徐来　一滴汗水一束阳光
把清风披在身上
在田野上从劳动中走出去的少年
也许　不一定全是坦途
但一定有克服困难的勇气
踏平坑坑洼洼

一个追风少年　一群追风少年
驾着云朵　携带溪水
顺着河谷　顶着太阳
暮看落日　一路的颠簸不害怕
一路的鞍马劳顿不奇怪
追着风　跟着水
顺风顺水　追逐梦想
小镇的少男少女

骑单车的马尾少女

这所小镇上的中学
既然没有马　哪来的马尾嘛
可这个高挑的少女
在梦中常常见到的草原里
扎下了根

一束蓬松的马尾
栽种在单车的架子上
随风飘扬的不是雨
那马尾　像一面潇洒的旗帜一样
从街头到巷尾　没有草原的小镇上
那一块连一块的青石板
像一片片的青草丛
马尾飞奔　马尾奔跑

小镇上　这就是青春的风景
青春的代名词
小镇　不是落后的代名词
一代一代的少年

从小镇上古老的码头
从小镇上便捷的车站
出发　看从小镇边
穿越村庄而过的高速铁路上
呼啸而过的火车
小镇上的单车　单车上的马尾
要成为过去时
可那永不言弃的劲头
永远向前的精神
会在小镇上　一直飞扬

骑双座车的少年

曾几何时
小镇上的单车变成了双座
两排椅子坐在轮子上
一个高个子的少年
骑在前头　把握着方向
一路呼呼地向前
是骑给老师看
还是给小镇上的少女看

比起那边上的高速铁路
铁轨上的火车
看着　少年的车是在后退
不但没有一米一厘米地前进
连同那后排的同学
一起在往后退
看到的火车呢　一直在向前奔跑
一刻也没有停
把少年和他的双座车
甩了八竿子远

骑着双排座单车的少年

没有气馁　从小镇东头到西头

一直往西　那儿有高速火车的终点站

也许一直不停地骑

那个火车站

一定能见上一面

寻找白鲟的眼睛

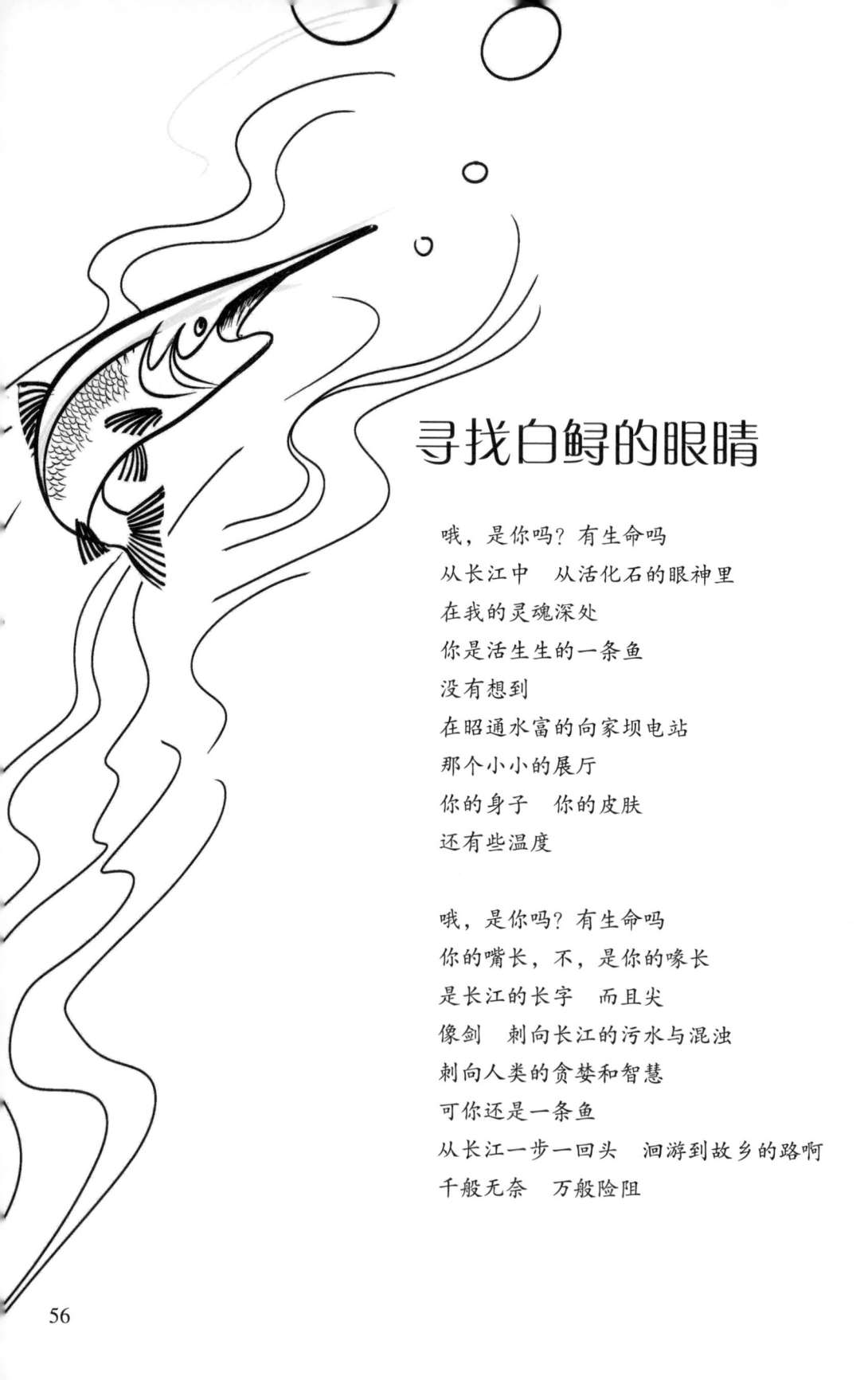

哦，是你吗？有生命吗
从长江中　从活化石的眼神里
在我的灵魂深处
你是活生生的一条鱼
没有想到
在昭通水富的向家坝电站
那个小小的展厅
你的身子　你的皮肤
还有些温度

哦，是你吗？有生命吗
你的嘴长，不，是你的喙长
是长江的长字　而且尖
像剑　刺向长江的污水与混浊
刺向人类的贪婪和智慧
可你还是一条鱼
从长江一步一回头　洄游到故乡的路啊
千般无奈　万般险阻

把一身空壳留在了向家坝的展览馆
成了一具鱼的木乃伊

哦，是你吗？有生命吗
这是一条长江里已经绝迹的白鲟
却把躯壳留在了金沙江上的向家坝
我翻看着　这躯壳的上下左右
看见了嘴　看见了鳍
看见了头　看见了尾
却看不见你的双眼在哪儿
是我的眼睛　找不到呢
还是你的眼泪遗落在滚滚的长江
去寻找另一个归途

寻找　白鲟
不是白白地寻找
是对原生态的那条河
是对人与自然和谐的向往

静静地吹

风也有安静的时候
村庄里青苔残存的以前的学堂
偶尔传来读书声
碰见墙角破败的窗户
那窗户　漏风也漏书声

风也静静地吹
吹过的风发出了声音
一个村庄　再安静
也不能没有那朗朗上口的声音
即使面对残墙断壁

一个村庄的风　在村庄里游荡闲逛
没有名字的风静静地吹
村庄里什么都可以没有
这样的风一定要使劲地吹
月光亮堂堂　太阳暖烘烘

静静的风是春天的风
吹落在或宽或窄的屋子里
留在村庄的大人小孩子
沐浴着这样的风
幸福满满　笑意拂面

风居住的村庄

风到处流浪　是没有家吗
村庄算不算你的家
即使是休息片刻　逗留一个下雨天
风总算也要有个休息的地方
停下来歇歇　住在我们的村庄

风居住在村庄　它也停不下来
跑遍山岗岗　跨过山沟沟
一个没有脚没有腿的客人
在村庄里蛮受欢迎

风居住的村庄　不是风的家
那是春花秋月路过
到处去看一看　瞧一瞧
从村庄离开　不一定去城市里
看一看瞧一瞧　世界的春种秋收冬藏

风在村庄居住过一段时间
那是风生水起
一条小河从村庄里流过
浪花翻起一朵朵
歌声响起一串串

风感冒了　流着眼泪
不见鹤　鸟儿在村庄里到处飞
窜过来窜过去
不见风的影子和记忆
村庄就是风躲的角落
居住在村庄里的风　不只是村庄的客人

风的名字

居住在村庄里
风想自己该有一个名字了
读书的风
一个朗朗上口的读书郎
风声雨声读书声
翻书的声音比读书声大
一页一页　一篇一篇
风雨无阻
这样的风　爸爸妈妈最喜欢

懒惰的风
躲在树上、草丛里
树不动草不弯腰
可风声再起的时候
也要在村庄里串一串门
认一认那空荡荡的房间里的每一个小伙伴

风起云涌　那就不一样了
不论风大风小　云朵在天空和大地上跑
有的快有的慢　有的飘逸有的柔软
有的去上学　有的回家　有的去穿堂
风的名字就像是云的梦幻

风　有没有名字没关系
把春天的风捉住
在春天里读书写作业
空荡荡的屋子里　一个小小的读书郎
就听风物语
留下来吧　没有什么困难重重叠叠
可以挡住向上的梦想

拂面每一个读书郎
那村庄的风也是有文化的风

篮球馆里的小女生

篮球场上十个帅小伙
围着一个篮球转
那个球是皮的　可为什么
小女生闻见的
是一个有乡村竹子一样的
带有草木香的球
篮球馆里　草木香的味不断散发
小女生　挥着她的手
摇动她的头　张大嘴巴喊着
一声大过一声　加油　加油
一浪高过一浪

小女生　看见那个圆圆的球
从南到北　只有百十来米的距离
从北到南　也是一百来米的距离
篮球分不清南北　却分得清谁是主人
那小女生的声音　向谁吼

小女生　声音都喊嘶哑了
篮球场上的小伙子
不一定听得见
不怕　她自己能听见　就行
喊出来的是不是"加油"
那是小女生的秘密
一定要表达出来

在篮球馆里的小女生
个子高挑吗　漂不漂亮
这些已经不重要
一场酣畅淋漓的比赛
让小女生喊　让小女生叫
叫得痛快　叫出力量和健康
没有谁说小女生疯狂
在学校的某些场合
就是要疯　就是要狂

篮球场　也是另一个课堂
不管日出　还是日落
不论狂风　还是暴雨
潇洒走一回的姿势
让长大后的小女生
领悟　另一种人生

山村足球队

村庄里有一支足球队
没有统一的服装
花花绿绿的短裤　小背心
便于跑步便于流汗
甲方　是小溪潺潺小草青青
乙方　是小树茁壮小花绽放

村庄里　有一支足球队
镇子上　我们还是一支劲旅
服装是不一样
却有我们自己的品牌
代表村庄比赛
有时候大比分失利
也没丢掉　我们的信心

村庄里　我们的足球队
一群山里娃技巧不高
意识也不先进
但我们不停止脚步
心中有一个中国梦
谁敢小看我们
永远只是一支山村足球队

足球场

土地上　有青青的草
绿色的草一大片　一大片
是个不规则的场地
长　肯定不是105米
宽　也不是68米

那不是标准的足球场
管它长是多少米　宽有多少米
我们也要飞奔
即使溅起的草屑
撞进了我们的眼睛
一声高高的呼叫
照样蹿上天空
明亮　像一串鸽哨

飞奔的脚步
把青青的草地践踏
阳光下有许多汗珠在闪
我们的脚下
是圆圆的足球
颠呀　颠呀
把足球　玩得团团转
玩出村庄的水平
草地　铺满远方的地平线
我们的目光　伸向绿色的地平线

小镇女子足球队

小镇上一支女子足球队
闹翻了天　短小的球衣
露出白皙的肌肤
健美的胳膊　修长的美腿
我们根本不怕
只是父母　怕伤了风俗
姐妹们　抿着嘴眯眯眼
悄悄地笑　那些男孩子最不开心
说我们抢了风头
让他们　无地自容

小镇上
我们是一支女子足球队
踢出了美
早晨　把太阳踢出了东方
黄昏　把太阳踢进了山峦
流出来的汗水　起码一箩筐
让圆圆的小小的足球

成为脚下的玩伴
想怎么踢就怎么踢
托　传　垫　射
心中的目标
射进对方的球门

小镇上　我们是美的风向标
足球　让我们美得有点疯狂
从小镇出发
把足球踢向县城　踢向重庆
踢向世界杯的的场地
成为铿锵玫瑰

足球，地球

都是一个球
足球　在我们脚下
飞速地旋转
地球　我们看不见
可我们知道
脚下　踩的是地球
我们生活的地方

足球球　又是一个赛场
锻炼筋骨　铸造意志
十一个人的团队
各自守住位置
又团结得像一个人
从任何方向
射向一个目标

我们的母亲
地球　没有人踢
也在宇宙中转动
有足够大的场地的话　我来踢
踢向离太阳最近的地方
享受热量阳光

足球　让我们在地球上
驰骋四方

谁是球王

谁　是我们村庄的球王
小小的草地上
奔跑的身姿
留守的太阳下　出汗
皎洁的月光里　踢踏
没有裁判员
我们自己与自己踢
这里面　可能有球王

谁　是我们镇上的球王
不规则的球场上
有几条石灰画的线
是守门员的框　几声哨
是土裁判的哨声响
一支女子足球队
慢慢成长　可能有
孙雯一样的玫瑰绽放

谁是球王　我们不争论
世界杯　我们现在去不了
奥运会　我们也还小
在村庄练　在小镇上踢
几年以后　谁又能猜到
我们的赛场有多大

谁是球王　村庄里的球王
我们不稀罕
小镇上的球王　我们不眼红
冲向世界　展示中国的风采
那才是球王
新的天地　任我们自由地踢
我们就是球王
村庄、小镇的球王
也有可能成为
世界的球王

滴答一声

滴答　滴答
一声　几声
从屋檐下
倒挂着掉下来

滴答一声
那不一定是雨
也许是一朵花儿
掉了下来

滴答一声
那肯定不是雪花
也许是一只鸟儿
衔着一枚果子
从屋檐
从阴沉的天空
掉了下来

滴答一声
与我们叽叽喳喳的叫声
重叠在一起
你
分得清
是雨声呢　还是笑声

第四辑 冬天，校园里的故事

绳

我是一个好男孩
操场上
从来不和女孩争
那弯弯的绳子　还在摇动
我站在一边
认真地看　抿着嘴笑

女孩子　不准我
钻进绳子的上和下
还不允许我大声地笑
又要我一个一个地数
谁是王
全凭我的嘴巴去评判

女孩子
一个个都有意见
说　你才是王
嘴巴一张一翘
谁跳的个数多　个数少
全是你说了算

爬竹竿

这是我的强项
嗖嗖嗖
脚下蹬　双手紧抱
像一只猴子
蹿上天空
又像一只鸟儿
只是没有鸣叫

这时候
我像是孩子王
女孩子
一个个仰着头
羡慕的眼神
飘过来
她们也嘻嘻哈哈地笑

这时候　女孩子也是王
爬竹竿的男孩子
你们的输赢
也凭着女孩子的嘴巴　数
一轮　二轮
谁最多
谁才是真正的王

歌咏比赛

女孩子
非要取一个好听的名字
其实　就是一个唱歌比赛
我也想参加
比一比　谁的声音大
谁的喉咙亮

女孩子说
那真不是一回事
声音要洪亮
还要婉转悠扬

唱和声
怕我扯着嗓子捣乱
作为旁观者
鼓鼓掌也不错

我想上台去唱歌
哪怕站在最小的角落
很多人不注意
我张了嘴　也算是用歌声
为班级作了贡献
不是捣蛋鬼

舞　者

唱歌比赛　我还能混进去
舞蹈训练
我真的手不能舞脚不能蹈
腰身不柔和
弯向明月　也没有人点头

做一个舞者
有早晨和黄昏的陪伴
脚要弯　手倒立
看星星笑脸
为了台上那一秒
争得掌声那一片
甘愿受苦受累
我是男孩子
看着　不知是羡慕还是嫉妒

这次　我真是干着急
当一个旁观的人
鼓掌和鲜花
送给一个个柔软的女孩子

指挥官

舞台上　举手指挥的人
最风光最吸引眼球
一般是女孩
男孩一般靠边站
想去争取
也被老师白眼

回过神来
我们悄悄地练习
一招一式　一板一眼
唯有刻苦和钻研
才有那么一丁点儿机会

女孩子笑了笑
指挥台上的霓虹灯
谁都照耀
看　谁的本领大
两只手　指挥千军万马

揪马尾辫

我的前座　我的同桌
我的邻座　总有一个
是小马尾辫一晃一摇
晃得眼睛疼　摇得我手慌
眼睛　瞟了好几眼
手总想伸出去
揪一把马尾辫
不是揪疼她
想她回眸一笑

想不到　她张大嘴巴
低声嘀哩嘀哩
我大气都不敢出
不让她
看出是我的恶作剧

狗儿拖着线团

线团从教室外　滚出一根根
是小狗牵拉出来的
老师没注意
同学没注意
想的是远方的妈妈
能不能　织出那种温暖

狗儿把线愈拉愈长
从教室到操场　从操场到教室
一根根　一条条
玩耍的同学　轻轻地捻
这些毛线
能连接　那遥远的大城市吗
能看见　那忙碌的身影吗
能听到　那熟悉的乡音吗

这些毛线　若能变成传输线
传播　城市和乡村的爱
传播　留守的同学和
打工的亲人的情
我们一定不会责怪小狗
毛手毛脚　还要抱着它亲上一口
我们的好狗狗

老鼠拉铃铛

教室门口　突然铃声大作
没到下课的时间
谁在恶作剧　提前拉响了铃声

有了铃声的召唤
我们抬起腿　不管老师的招呼
跑出教室　抬头瞅瞅天空
教室门顶上的铃铛　声音还没停止
叮叮当当　像是在催促
下课了下课了

跑向学校　狭小的办公室
没有老师　也没有调皮的同学
阳光一闪　映出一个小小的身影
原来是一只小老鼠
小小的脚　踩踏着那根细细的线
连接铃铛的线　往下拉
不弹回去　铃声就不停息

我们挥舞着手　脚踢着地板
吓唬吓唬它　赶快放手
不该响的铃声　赶快停止

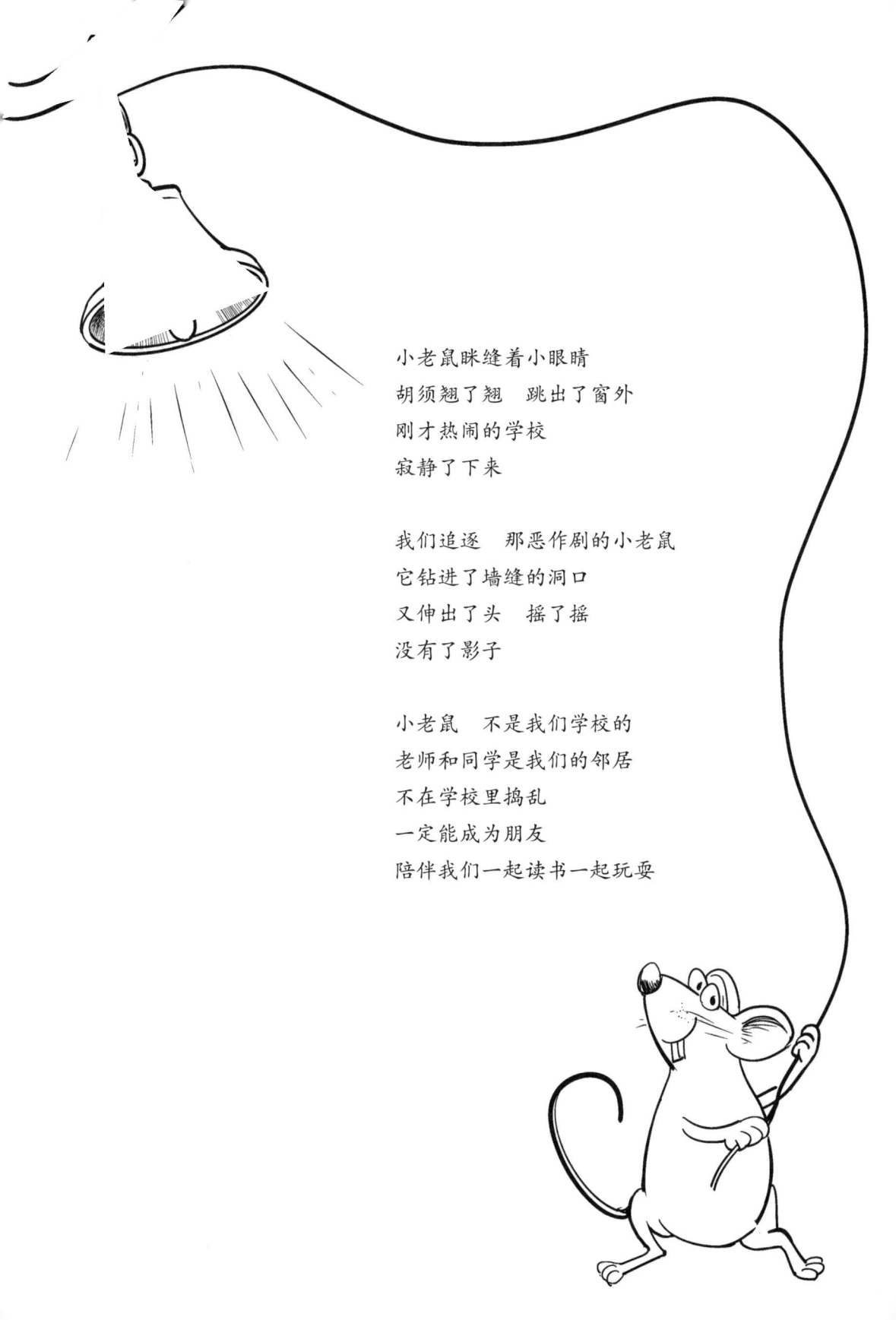

小老鼠眯缝着小眼睛
胡须翘了翘　跳出了窗外
刚才热闹的学校
寂静了下来

我们追逐　那恶作剧的小老鼠
它钻进了墙缝的洞口
又伸出了头　摇了摇
没有了影子

小老鼠　不是我们学校的
老师和同学是我们的邻居
不在学校里捣乱
一定能成为朋友
陪伴我们一起读书一起玩耍

小猫当模特

乖乖的小猫站在台上

摆个很酷的姿势

露出小巧的嘴　白白的胡须

不咪咪地叫

细细的脚不乱动

它怕打扰了教室里画画的学生

小猫是学生的模特

任人看任人描绘

得意扬扬

就是　爪爪不能摸毛

舌头不能舔胡须

眯着小眼偶尔也眨巴

逗逗画它的同学

专心的同学
画它的头画它的毛
还用颜色涂鸦黑白相间
一只乖巧的猫跃然纸上

分心的同学
头画得不像头
脚画得不能跑
胡须画得翘不起来
合拢来怎么也不像小猫

小猫想跳下讲台
指导指导同学
不行就睡在画纸上
一只猫不就画成了
谁能画这么好

乖乖的小猫做模特
只差了一步
那就是在同学们面前
走走
猫
步

青蛙抖着腿读书

青蛙呱呱叫
拿着课本　呱呱
背一段诵一段　呱呱
最好笑的是
抖着一只腿摇晃着头
像一个古代的师爷
念啊读啊
念的什么读的什么
恐怕谁也没听懂

青蛙鼓着肉嘟嘟的嘴
抖着粉嫩粉嫩的腿
读着山村孩子丢弃的课本
一个个汉字一段段文字
一篇篇文章讲述的故事
与乡村有关与乡村学校有关
再是句读不对普通话不好
还是要呱呱呱

青蛙两只小腿抖了一圈二圈
呱呱　课文读了一遍二遍
像学校的同学
读书百遍其义自见

青蛙声音不要太大
乡村的夜晚太寂静
吵闹了
故乡的诗人在咏叹
关于你的诗歌
学校里尽管大声读
响彻校园声声不断

鸟儿坐在窗台上

小小的窗户 狭窄的窗台
鸟儿占不了多少地方
坐也好 站也好
我们不好判断 站在板凳上
有的爬上课桌
伸伸头 看
鸟儿 还是坐在窗台上

鸟儿 没有张开翅膀
飞累了 听同学们背诵
一行白鹭上青天
青天里有鸟儿的影子吗
有没有 都不怕
教室里的孩子
不会随便伸出手
捉鸟儿的手 写字都会抖

鸟儿　眯着双眼

看听课的同学　认不认真

写字的同学　姿势坐正没有

读书的同学　普通话是否标准

坐在窗台的鸟儿

是我们学习上的好帮手

同学们　真是笑而不答

鸟儿分了我们的心

扰了我们的神

可又　占据着我们的心

不能离开　那飞翔的梦想

少年与一条河、一座山和一所学校

一

少年,从一座山出发
不是从山顶　而是从半山腰
有花的香　草的味
还有一条只能过一人的小路
青石板　偶尔也有点小青苔
踏上去的步子　踢踢踏踏

二

山顶上的太阳　还没有发出指令
少年冲出来　步子比得上山风
要去山下的学校里上课
不早出发　那就可能迟到

三

不论太阳起早起晚
少年，身上披着朝露　也许还有阳光
下山的路不好走
一路小心翼翼　也是一路欢笑

四

山路没有走完　准确地说没有跑完
山花的香挽留他　野草的脚缠着他
寒风的冷抽打着他
什么也挡不住少年的脚步

五

从山腰上出发的少年
不用晨钟敲响　准时出发
来到山脚下的一条河边
有山　就有河
那是一句谚语　更是一个规律

六

山峰下是山谷　山谷边是溪流
溪流长大就是一条河
跑完了山路　还得蹚水路
山路　少年得蹚
水路　少年得蹚

七

山路是一条路　水路是一条路
一条一条的路重叠在一起
也是一条路　一条上学的路
乡亲们也在走的路
求学的路是路　致富的路是路

八

少年，从山腰到山谷
一路汗水为伴　到达了谷底的河岸边
蹚过一条河　那是少年的日月
需要星辰为伴　那是少年的求知欲望
需要与河水为伍　只有浅浅的石头跳磴
没有小小的渡船

九

河水流，少年的脚打湿
深一脚浅一脚　一个跳磴一个脚印
长一脚短一脚　跳磴的距离不均匀
每天都这样走啊跳啊
学校铃声的诱惑　像是一声声的魔铃
打湿脚的少年
从来不迟到　从来不缺席

十

学校的房子崭崭新　主教学楼是坐南朝北
两边的楼房　一边是图书馆一边是实验楼
宽宽的操场好宽　红色的是塑胶跑道
少年像是赤脚大仙
左脚翻呀右脚翻　翻起河流的浪花
翻出山腰的花香

十一

在学校的日子　少年从来没有想过
太阳何时升起何时落下
就连中午的饭菜香不香
常常搞忘　不易想起
和老师同学相处的日子
愉快得一晃而过
如在山间奔跑蹚水过河

十二

少年的日子，一天一天
一月一月，就这样
在山间小路上跑　在山里小河中蹚
在学校的日子　有欢乐陪伴
谁也没有看见少年的苦
其实，山风知道
那奔跑的脚步有些沉重

流淌的河水知道
那在跳磴上的脚步有些摇摆
连山顶上的太阳光
都有一些闪闪烁烁

十三

少年，山里的少年
你有一座山　你有一条河
你有一所学校　一种幸福
一座山　有许多花许多草
还有挺拔的树　最好听的却是鸟鸣
一条河　有许多鱼　大鱼小鱼
深的看不见　浅的水里游
最惬意的是口吐浪花
大浪追着小浪　跑着奔向那所学校

少年，山里的少年
黄昏时，没有暮鼓响起
留守的时光也有快乐
自己一个人　也在慢慢长大

少女的心事

就那么　一瞥
不知道姓名　不知道班级
深深地　印在了心里
这是
开不出的花朵

不是　花前月下
更不是　喁喁私语
一天　能看见一眼
心　就不会空落落的
学习的热情　会高涨

忙啊　忙啊
周考　月考
全是数字　英语字母的游戏
原来的一瞥　也会退避三舍

深深地一瞥
藏在记忆深处
作为　美好的回忆
慢慢长大
青涩的花朵
也会　愈开愈艳

雪

雨中的故事
没有开头　也没有结尾
雨　停下来
故事　也就没有了故事

雪　飘进了校园中
鹅毛般大小
盖在校园里　校园一片纯洁
轻轻地　踏上一步
老师　顺着脚印
能找到足迹

大雪　下吧
下得愈大愈好　走出的脚印
瞬间　又被飘下的雪
覆盖　不露出一点点痕迹
我们　分不出谁先谁后
奔跑出教室

大树下　操场上抓起一团团白白的雪
扔向我　扔向你
就是这种纯洁　有时也被无端猜测
就像身边的雪团　掉到土地上
没过多久　自自然然地消失
只不过　心中却会留下印迹

雨 伞

撑开　小小的世界
容不下　你和我的友谊
会有　老师的误解
同学的讥笑

小雨中　打开伞的瞬间
谁也没有去想
伞下　究竟是谁
谁站在下面
我也好　你也好
显得自然一点
不需要　紧紧靠着肩膀
一前一后　一左一右
遮点雨　挡点风
盖住无端的流言蜚语

你我的书包里
随身装上一把
小小的雨伞
为我们　遮风挡雨
校园中　一路说笑
从教室到食堂
随后　甩掉一丝丝
伞上的雨水　收拢
靠在我们的餐桌旁
陪着我们　自由地交流
啪　伞掉地上
折断了　自己的翅膀
打断了我们的思想

照 片

偷拍的照片
是　篮球场上的影子
或是　伫立在窗前
一副沉思的模样
偷偷地　放在电脑的屏面
当然　这些动作
都是轻轻悄悄的
(爸爸妈妈不知道)

关掉电脑
你的影子　掉入了黑夜
像是　太阳掉下了山峦
黑夜里　还能够
念一念你的名字
陪伴着　沉沉地进入梦乡

偷拍的照片
偷偷地藏起来
不想要人知道
像电脑
没有心灵的密码
打不开
心里的文件夹

玉兰树

校园里的玉兰树
开着玉兰花
一朵一朵
花香
又散发出走廊上的书香

校园里的玉兰花
幸运的花
每天与书为伴
花开花香

校园里的香味
是花香
是书香
是玉兰树的花开
是同学们的笑声

校园里的兄弟姐妹

我们的校园里
我和小花是姐妹
我和小凯是兄弟
一教室的兄弟姐妹
一走廊的姐妹兄弟
说不完的话
在校园里荡漾

我们的校园里
书香气
把我的兄弟姐妹
团结在一块
玉兰花是妹妹
黄桷苞是姐姐
会唱歌的石头是哥哥

会鸣叫的鸟儿是弟弟
那路过的风　飘来的云
天上的雨
既是兄弟也是姐妹

校园里的兄弟姐妹
真的好福气
花香相伴
书声琅琅
浸润着我们

飘过的云

看见路过的风
云也不甘于落后
飘进校园里
与风与我们打趣
也读读书
沾上一点书香气

风儿一过
云朵站在校园的天空
听一听
谁的读书声最大
看一看
谁的字写得最好
谁安安静静地托腮冥想

云朵呀
你是变幻莫测的魔术师
是一匹马
在校园里奔跑,可场地太小
是一艘船
又没有一条大河大江
又是一张天大的幕布
我们跑上去
放映有趣有味的校园生活电影